磨铁读诗会
xiron poetry club

醉弹钢琴如敲打击乐器直到手指开始有点流血

[美] 查尔斯·布考斯基 著
伊沙、老G 译

江苏凤凰文艺出版社
JIANGSU PHOENIX LITERATURE AND ART PUBLISHING

献给最好的
琳达·李·贝格

在充满小故事的一生中
等待
死亡的到来

目录

001　不好相处的伙伴
005　1978 年 12 月 24 日
007　理想
009　斜靠木头台面
　　　012　死动物的灵魂
　　　014　又一次吵架
　　　016　红色保时捷
　　　019　那次野餐
　　　021　电钻
　　　023　40000 只苍蝇
　　　025　最奇怪的事
　　　028　地板上的报纸
　　　033　两只苍蝇
　　　037　走过每一条街道
　　　040　消防站
049　关于福煦元帅的辩论
051　40 支香烟
053　杀手准备就绪
056　我爱你
058　一颗小原子弹
　　　060　鸡蛋
　　　063　伤害者
　　　065　夏天的女人

066 坠入情网
068 苹果
070 小提琴手
073 五块钱
076 默契
078 今夜我将死去
080 杜安街 2347 号
083 勇敢的收音机
085 固态的马蒂
088 采访

091 街边广告牌上一位政党候选人的嘴脸
092 扬基歌
095 没有什么像失败一样叫人铭心刻骨
097 成功
098 非洲，巴黎，希腊
102 醉鬼拘留所的法官
106 天堂的魔爪
109 孤独者
112 三明治
114 劳累的快乐生活

117 这骄傲的
　　 消瘦的
　　 垂死的
119 在下面
121 酷夏
123 也许明天
125 瘾
128 八个房间
130 我喜欢他
131 杀手在微笑
133 马和拳头
136 另一种亲密接触
139 美人鱼
140 拥抱黑暗
142 一磅 59 美分
145 散步
147 变态
149 我们要吃了它们
151 道琼斯指数下跌
153 哭泣
156 美人立于法兰西原野
157 艺术

不好 相 处的伙伴

诗像枪手
围坐四周
射我窗洞
嚼我厕纸
阅读赛果
拔掉
电话。

诗像枪手
问我
到底在玩什么把戏,
还问
我是否愿意
开枪决斗?

泰然处之吧,我说,
比的不是
速度。

坐在沙发最南端的
那首诗
拔出枪
说着
为这句话付出代价吧!

别紧张,伙计,我
为你制订了
计划。

计划,嗯?什么
计划?

《纽约客》,
伙计。

他把他的铁家伙
收了起来。

坐在门边
椅子上的那首诗
伸着懒腰
看着我:
知道吗,胖仔,你
近来
很懒哦。

滚蛋
我说
是谁在玩这个
游戏?

是我们
在玩!
所有
枪手
都拔出枪:
放
明白点!

那就
给
你:

这样一首
正坐在
冰箱
顶上
打开
啤酒瓶盖
的诗。

现在
我已经
解决了它
而其他所有诗
都坐在四周
用武器指着我
说:

我是下一首，我是下一首，我是
下一首！

我想当我
死了
剩下的诗
会去袭击另一个
可怜的
浑蛋。

1978 年 12 月 24 日

我在厨房
品着啤酒
一边想着要
修指甲
刮脸
一边听着
古典乐
电台。
他们播放假日
音乐。
我更想在 7 月听
圣诞音乐
那时我正受到
一个女人的
死亡威胁
就是在那时
我需要圣诞音乐——
就在当时
我需要

宾·克罗斯拜[1]
小精灵和
一群飞快的
驯鹿。

现在我坐在这儿
听着这
季节的
残羹剩饭——它是如此甜腻的
奶嘴——
我宁愿打一场
乒乓球,与
希特勒的
在天
幽魂。

新手酒鬼们醉驾
飙车相撞
救护车在外面
相互歌唱。

---

[1] 宾·克罗斯拜(Bing Crosby, 1903—1977),美国流行歌手、演员,曾获第 17 届奥斯卡金像奖最佳男主角。1934 年至 1954 年,他在演艺界红透半边天,唱片销量和他主演的电影票房在当时几乎无人能及。有论者认为他是史上最受欢迎、拥有最优秀人声的歌手之一。他在 1962 年获颁格莱美奖终身成就奖(首届得奖者)。

理想

姓韦克斯曼的,她说,
他挨过饿,
所有建筑商都想要
雇用他
他在巴黎、伦敦甚至非洲
工作过,
他有自己
的设计
理念……

搞什么鬼?我说,
一个挨饿的建筑师,
嗯?

是的,是的,他挨饿,他的
妻子和他的孩子也挨饿
可他忠于
他的理想。

一个挨饿的建筑师,
嗯?

是的,他终于熬过来了,
上星期三晚上我看见

他和他妻子，韦克斯曼一家……
你愿意去见见
他们吗？

告诉他，我说，伸出三根手指
擦干净他自己的
屁股。

你总是这么猥琐下流，她说，
打翻了她装掺水威士忌
的高脚
杯。

呜呼，我说，向死者
致敬。

斜靠 木头台面

有四五个家伙在
赛马场酒吧

有一面镜子在吧台
后面。

镜像中
赛马场酒吧的

这四五个家伙
不太和善

赛马场酒吧
有很多瓶酒。

我们要了不同的酒。

那一面镜子在吧台
后面。

镜中影像
不善。

"对付这些马需要的

不是脑子,只需要钱
和勇气。"

镜子里的我们
不善。

云在外面。
太阳在外面。
马群在外面热身。

我们站在赛马场
酒吧。

"我已经玩了40年
赛马,还是搞不定
它们。"

"你再玩40年
赛马,也还是搞不定
它们。"

酒吧招待不怎么喜欢
我们。
五分钟提醒的
铃声响起。

我们喝完酒

便起身
下注

我们离开时
镜子里看起来好多了——
因为你看不见我们的
嘴脸了。

四五个家伙从赛马场酒吧
出来。

什么狗屎！没人
能赢。去问
恺撒。

死 动物的灵魂

屠宰场后面
拐角处有个酒吧
我坐在那儿
透过窗子
看夕阳落山
窗外干枯的
高草丛生。

下班后
我从不和工厂里的男孩们一块
洗澡
所以我身上总散发出汗和血的
味道
汗味一会儿便淡了
但血的气味开始爆发
越来越重。

我抽烟喝啤酒
直到感觉可以
上公共汽车了
带着所有附体在我身上的
那些死动物的
灵魂；
那些脑袋轻轻转开

女人们站起来从我身旁
离开。

下了公车
我还有一条街要走
再上一层楼梯才到我的
房间
在那里我将打开收音机
点上一支烟
压根儿就没人
在意我。

又 一次吵架

她有一个叔叔
借着炉火的光
闻她的内裤
当时他还一边在吃爆米花和
抹了蜂蜜的小松饼,
在那家中餐馆
她坐在我对面
酒一直在上,她
谈论马蒂斯、伊朗
货币、剑桥的洗手盅、庞德
在萨勒诺、柏拉图在
马达加斯加、叔本华
之死,还有她和我
当初在一起时热情奔放
的时光。

酩酊大醉的下午
我知道她留我已经太久了
当我回到另一个女人那儿
她正
疯疯癫癫
毫无教养
令人生厌
该死的异教徒般极度

疯狂。

然后她说这都不重要了
而我真想说：
你说都不重要了是什么意思？
怎么不论什么事你都要这么说？起码
不能这么说我们。你的眼睛你的脚还有
脑袋呢？如果这一队队穿细蓝条纹的
是对的，我们都会被
杀死。

红色保时捷

感觉很好
坐在一辆
红色保时捷里兜风
由一个
比我博学的女人
开着。
感觉很好
坐在一辆
红色保时捷里兜风
由一个
能够向我讲解
古典音乐
的女人
开着。

感觉很好
坐在一辆
红色保时捷里兜风
由一个女人开着
她为我的冰箱
和厨房
采购了：
樱桃、李子、生菜、芹菜

葱、黄皮洋葱
鸡蛋、松饼、长长的
辣椒、红糖
意大利调料、牛至
白葡萄酒醋、庞贝橄榄油
和红
萝卜。

我喜欢坐在
红色保时捷里兜风
一边慵懒地
抽着烟。

我很幸运,我一直很
幸运:
即使我饿得要死
乐队也在为我
演奏。
红色保时捷真漂亮
她也
真漂亮
我学会在感觉不错的时候
就好好享受。

坐一辆
红色保时捷兜风

比自己拥有一辆感觉更好。傻瓜的好运是神圣不可侵犯的。

那次野餐

使我想起
我与简曾同居七年
她是一个酒鬼
我爱她

我的父母恨她
我恨我的父母
这构成美妙的
四人组合

有一天我们一起
去山上
野餐
我们玩纸牌、喝啤酒
吃土豆沙拉和小红肠

他们跟她交谈就好像她已是
自家人了

每个人都在笑
就我没笑。

后来在我的住处
喝着威士忌

我对她说，
我不喜欢他们
可他们待你不错
这挺好。

你这该死的傻瓜！她说，
难道你没有看出来吗？

看出什么？

他们一直盯着我的啤酒肚，
他们以为
我怀孕了。

哦！我说，好吧，敬我们漂亮的孩子
一杯。

敬我们漂亮的孩子，
她说。

我们一饮而尽。

电钻

上面写着:我们的结婚证书。
我看了看。
他们的婚姻维持了十年。
他们曾经很年轻。
现在我躺在她的床上。
他给她打电话说:
"我想要回我的电钻。
把它准备好。
十点钟
我来接孩子。"
他到了之后等在
门外。
他的孩子们和他一起
离开。
她回到床上
我伸长了腿
搭在她身上。
我也曾经很年轻。
人的关系就是
没法长久。
回想我生命中的女人。
她们似乎不存在。

"他来取他的电钻?"我问。

"是的,他拿走了他的电钻。"

我想知道我以后是否会
为了我的百慕大短裤
和圣马丁室内乐团唱片
回来一趟?我猜我
会。

40 000 只苍 蝇

被一阵乍起的风撕开后
我们又聚到一起

检查墙壁和天花板的裂缝和
永恒的蜘蛛

想知道会不会还有别的
女人

此刻
40000 只苍蝇正在我灵魂的
臂膀上奔跑
歌唱：
我遇见一个价值百万美元的宝贝
在一个五美分十美分
商店

我灵魂的臂膀？
苍蝇？
歌唱？

这都是些
什么鬼？

做个诗人如此容易
做个男人
如此之难。

最 奇怪的事

我在黑暗中
坐在椅子上
这时传来痛苦又
恐惧的可怕声音
发自我窗外的
灌木丛中。
这明显不是一只公猫
和一只母猫
而是一只公猫和另一只公猫
从声音判断
其中一只显然大得多
正在发动置对方于死地的
袭击
然后停了下来。

接着又开始了
这回更厉害；
声音如此可怕
令我一动也
不敢动。

然后声音停下来了。

我从椅子上站起
上床
睡觉。

我做了一个梦。梦中有只
灰白相间的小猫朝我走来
它很
悲伤。对我倾诉，
它说：
"瞧那只猫对我都干了什么。"
它卧在我的腿上
我看见细长的伤口
和露出来的肉。然后它
跳离了我的腿。

这便是事情的全部

我在早晨 8:45 醒来
穿好衣服走到外边
四下张望。

那儿
什么也没有

我走回室内
把两只鸡蛋

放进一锅水里
把火
开大。

地板 上的报纸

……画面极差,所以我只看到一点儿情节:
一张世故的男人的脸,体面的
领带,一根称心的烟斗;他妻子——
用速干墨水画的黑发表明那是他的妻子(非常
蓬乱,因为她有过很多孩子,并陪他们安全度过
一个个秋天):有个奶奶坐在一个类似花盆的
东西上面:占着一个专属于她但实际上
没什么用的位置;两个微笑着膝行的顽童
小荣格和小阿德勒
有很多莫名其妙的黑色问题,
当然,还有,
一个被年轻恋人困扰的少女
(他们比那些走到谷仓背后的
少年
更看重这些事情);
有一个年轻人——根据他那一脸土相,我猜是她的
  兄弟
长着苔藓状的盾一样的黑发;
他健壮如牛
有着最棒的乡下人的气质
穿着最新款的运动衫;
这位大……兄弟(16?17?18?天知道!)
经常(当我看着这幅画,虽然我不常看它)
斜靠在车座上

（坐在后座，仿佛他是作者）
发表一些……评论，对生活，对自始至终大写的生活，
那真的非常有道理
只是……让每个人心烦意乱
除了可怜的完全不懂那些评论是什么鬼的
孩子们——荣格和阿德勒
只会圆睁着眼睛坐在车里
在美丽的白云下吮干净他们的棒棒糖；
但是，瞧，领头的男人灰着脸咬着烟斗，面对
这鲜活的事实：老人们说谎时就像跑得过快的
煤气表一样；还有母亲（或者妻子？）在这冷酷
而漫长的搏斗中，耷拉着
一条长长的黑眉毛和一缕乱发；还有
奶奶，哦，我不知道——
那时我已把目光移开；但我记得那个女孩，
那个有几个年轻恋人的年轻女孩
总是特别生气
因为谷仓后面的人都在指责她……
和法国人雷内纠缠不清，那个努力挣扎的人……是
　画家
还是？
没人想去面对这些，除了这个……胖胖的……老是
穿着运动衫的（他真是一个很不错的壮小伙，他总
有一天会很好的），总是把母牛从牛棚后面牵出来
和公牛放在一起；他还年轻
并且爱笑

什么事儿都挺过来了
但最棒的是他……对这一切的解释,
关于母牛和公牛,
用他内在的、本能的……年轻的智慧;
解释总是在早晨的
餐桌前——
在所有疾病、挣扎、平庸、一团乱麻之前……
人性有机会
让自己坐下来
这健康的白脸……大笑着诉说了一切;
他坐在那里等着讲述这一切,
他坐在那里与小小的……双胞胎(或其他人?)在
   一起
他们用小勺子顽皮地将粥撒得到处都是,
这个大的……从不牙疼的、快乐的傻瓜
坐在那里等待他的长辈入场
(必须装上假牙的奶奶,还在操心
办公室工作的爸爸,实在还没有理顺头绪的
妈妈;用信仰、愤怒和……
贞洁去爱的少女)他们来了
他伸出手臂
把他健康的胴体……疯狂地向后倾靠到椅子上
在这阳光普照的厨房窗帘前
在这可爱的、挣扎的、笨手笨脚的团体面前
他说着他的伟大言论,
在他头顶气球状的对话框里

在被痛苦扭曲的嘴脸旁，全都是文字
我被引领着相信了他说的一些东西，
但我又看了一遍
仔细看着这个傻瓜话痨快乐的脸
和深褐色的大眼睛
少女的牙酸得仿佛
咬了柠檬一样，
但有些不对劲
有些问题
因为我斜举着这张
纸片斜对着灯光
这让我头晕目眩
它团成一个蓬松的结
冲击着我的眼底
让我的神经从脚心紧绷到发际线
然后我知道了
那个大傻瓜话痨说的是
没什么没什么没什么没什么没什么没什么没什么
没什么没什么没什么没什么没什么没什么没什么
没什么没什么没什么没什么没什么没什么没什么
那么现在，
在地毯上
在椅子下
我可以看见这张对折的
漫画，
我可以看见黑白线条
以及我无意留心辨认的一些面孔；

但看到这块报纸时的些许不适
击败了我
我移开目光
努力不去想
我们的大部分人生
对于这些小纸脸来说是真实的
他们在我们的双脚下凝视
微笑、跳跃、做手势,
明天被扔进垃圾袋
扔掉。

两只苍 蝇

苍蝇是愤怒生命的
一部分；
他们为什么如此愤怒？
貌似他们所求更多
貌似他们因为
自己是苍蝇
而愤怒；
这不是我的错；
我坐在房间里
和他们在一起
他们用他们的痛苦
嘲弄我；
好像他们是
被遗失在某处的
灵魂碎片；
我想看报纸
可他们不让我
看；
一只像是在沿墙壁高处
划着半圆，
在我头上扔下一声
凄惨的呻吟；
另一只，小的那只
待在附近，不声不响地

戏弄我的手，
在旁边上上下下
爬来爬去；
上帝怎么会把这些迷失的东西
丢在我旁边？
别的男人承受帝国的
命令，悲惨的爱情……
我承受
昆虫……
我挥手拍向那只小不点儿
这似乎只是唤醒了
他的挑战欲：
他转得更快了，
靠得更近，甚至发出了
苍蝇的声音
上面的那只
捕捉到这种新的旋转的
感觉，也兴奋地
飞得更快，
在一串噪声里
突然下降
他们一起
绕着我的手盘旋，
乱弹着灯罩的
底座
直至我身上的人类
属性

无法接受更多的
不洁
我用卷成筒的报纸
狂打——
没有击中！——
打，
打，
他们吵吵着溃逃，
彼此之间失去通联
我先击中大的
那只，他四脚朝天
踢腾着腿
像一个愤怒的妓女，
我用报纸筒
再次怕打
他成了丑陋的苍蝇
污渍
小的那只绕圈高飞
此刻，安静而迅疾，
几乎看不见
他不再靠近
我的手
他屈服了
但我也抓不到他，我不管
他了，他也不再
烦我；
当然，报纸

毁了；
事情已经发生
这事儿玷污了我这
一天，
有时不需要
一个男人
或一个女人，
只要一些活物；
我坐着观看
那小东西；
我们在这个空间
在生活中
交织在一起
对我俩而言
这有点儿晚了。

走过每一条街道

在一个星期天下午喝着温啤酒
试图修改一首旧诗
当然是扯淡；最好是
抽根烟，打发时间；
人们无精打采，虽然这是个
贫乏的形容词
格什温[1]在广播里
咚咚咚地弹奏，祈祷能逃出来；
我已经读过报纸，
仔细看了自杀事件，
我也留意到
某棵树的绿色
像一位自然派诗人饮下他最后一杯
然后
砰砰砰，咚咚咚
他们从那儿走出去；
有些新来的孩子已经准备好了
坐在这里，做我正做的事——
喝温啤酒，听该死的格什温

---

[1] 乔治·格什温（George Gershwin, 1898—1937），美国著名作曲家，写过大量的流行歌曲和数十部歌舞剧、音乐剧，是百老汇舞台和好莱坞的名作曲家。

身子中间那一圈越来越胖，
不相信有过饥荒岁月，
亚特兰大冷得像上帝的脑袋
在窗口高举一个苹果，
但我们最终全都被愚弄了并
像情人的誓约一样
被一掌拍死，讨价还价
得不到任何好处，
广播结束
电话响了，一个女人说，
"今晚我有空"，嗯，她不怎么样
但我也不怎么样；
在青春的火焰中我曾想
骑一匹马走过每一条街道
但他们很快从底下射杀了那匹马，
"有烟吗？"她问。"有，"我说，"我有烟。"
"火柴呢？"她问。
"多得足够烧了罗马。""威士忌？"
"多得能汇成一条痛苦的
密西西比河。""你醉了吗？""还没。"
她会成为过去时的：完美：一块遮羞布
和一个小俱乐部，我
看着这首我正尝试修改的诗：

我说
穷街陋巷会通往
该死的粗人

就像正午降临到盐湖城
农场工人身上……

狗屁。我把稿子撕了一次,两次
三次,然后找到火柴和
冰块,热的和冷的
一些男人的夸夸其谈远多于
他们的创造
和另一些男人在一起的
是一个女人
几乎随便一个女人
都是公园长椅上他们的罗丹作品;
鸟落在路上等待老鼠和车轮
我知道我遗弃了你
冰块像傻瓜的金子
堆在陶罐里
现在他们正在播放
亚历山大·斯克里亚宾[1]
这个稍微好一点
对我来说
但还不够好。

---

[1] 亚历山大·尼古拉耶维奇·斯克里亚宾(Alexander Nikolayevitch Scriabin,1871—1915),俄国作曲家、钢琴家,是一位交响乐作曲家和钢琴音乐的大师。他的作品充满了尖锐的戏剧性和英雄气概及乐观向上的刚毅精神,旋律宽广,情感激昂,结构宏伟而精致,又充满神秘气息,对后世有重大影响。

消防站
(献给简,带着爱)

我们从酒吧出来
因为手里没钱了
但房间里
还有几瓶酒。

大概在下午 4 点钟
我们经过一家消防站
她开始
发疯:

"一个消防站!哦,我就是喜欢
消防车,它们是那么
红!我们进去吧!"

我跟着她
进去。"消防车!"她尖叫着
扭着她的大
屁股。

她试图爬上
一辆,把她的裙子提到
腰间,试图弓身入
座。

"来，来，让我来帮帮你！"一个消防队员跑
上来。

另一个消防队员向我走过来：
"我们一向都很欢迎我们的市民。"
他告诉
我。

另一个家伙爬进车里和她坐在
一起。"你有这么大的家伙吗？"

她问他。"哦，哈哈哈！我是说
那种大头盔！"

"我也有顶大头盔。"他告诉
她。

"哦，哈哈哈！"

"玩纸牌吗？"我问我旁边的
消防队员。我有43美分，除此之外
只有时间。

"到后面来，"他
说，"当然，我们不赌博
那是违

规的。"

"我知道了。"我告诉
他。

当我看见了她和她的消防队员
上楼时
我已经把我的43美分变成了
1美元90美分。

"他要带我去看看他们的
寝室。"她告诉
我。

"我知道了。"我告诉
她。

十分钟后
当她的消防员从柱子上滑下来
我冲他
点点头。

"你得给我
5美元。"

"就这，就得

5美元?"

"我们不想闹出丑闻
对吗?咱俩也许都会丢掉
工作。当然了,我本来就没
工作。"

他给了我
5美元。

"坐下,你可以再把它拿
回去。"

"怎么玩?"
"二十一点。"

"赌博是
犯法的。"

"好玩的事儿都犯法。还有
你看见桌上有
钱吗?"
他坐下了。

我们凑够了
五个人。

"怎么样哈利？"有人问
他。

"不错，不
错。"

另一个家伙
上楼。

他们真是糟糕的玩家
他们根本懒得
记牌。他们不知道留下的牌
是大是小。主要是他们的牌太大了，
没有拿到足够小
的牌。

另一个家伙下来时
也给了我一张
5美元。

"怎么样，马蒂？"
"不坏。她的……动作
挺不错。"

"给我发牌！"我说，"美好干净的女孩。我
也骑过。"

没人说
什么。

"近来有大的火灾吗?"我
问。

"没有。不
多。"

"你们这帮家伙需要
练习。再给
我发牌!"

一个正在擦发动机的
红头发大块头
扔下他的抹布
上楼去了。

当他下来时,他丢给我一张
5美元。

当第四个家伙下来时我给了他
三张5美元,换了
一张二十的。

我不知道这个建筑物里
有多少消防员,也不知道他们在

哪儿。我想有几个溜了过去
但我是一个
大度的人。

警报
响起时
外面天快黑了。

他们开始四散跑开。
有人顺着柱子
滑下。

然后是她滑下
柱子。她很适合这个
柱子。一个真正的女人。一无所有但有胆量
和
屁股。

"我们走吧。"我对她
说。

她站在那儿对消防员挥手
再见,但他们似乎对她
失去了
兴趣,

"我们回

酒吧。"我对她
说。

"哦,你弄到
钱了?"

"我现在的确有了
一些钱……"

我们坐在酒吧尽头
喝着威士忌和啤酒
饮料。
"我确实需要好好
睡一觉。"

"确实,宝贝,你需要
睡觉。"

"瞧那个正在看着我的水手!
他一定认为我是一个……一个……"

"不,他不会那样想。放松点,你有
格调,真正的格调。有时你令我想起一位
歌剧演员。你知道,就是那种
顶级演员。你浑身上下都有
格调。干
杯。"

我又多要了
两杯。

"你知道,老爹,你是我唯一爱的
男人!我是说,真的……爱!你
知道吗?"

"我当然知道。有时我觉得我是一个国王
尽管是我在自以为是。"

"是的,是的。我就是这个意思。就是
那样。"

我不得不去小便。我回来时
水手正坐在我的
座位上。她的腿贴着他的腿
他正侃侃而谈。

我走过去
同哈利这匹种马和角落里的报童
玩起了飞镖游戏。

关于 福煦元帅[1] 的辩论

福煦是一名伟大的战士,他说,福煦元帅;
听着,我说,如果你再胡说八道
我就用湿毛巾抽
你的脸。

我要写信给州长,他说。
州长是我叔叔,我说。

福煦元帅是我
爷爷,他说。

我警告你,我说,我可是一名
绅士。

可我是一名福煦,他说。
就这么着了。我用湿毛巾抽他。

他抓起电话。
接州长府,他说。

---

[1] 费迪南·福煦(Ferdinand Foch,1851—1929),出生于上比利牛斯省塔布,毕业于法国高等军事学院,法国元帅、军事家,"一战"时协约国军队总司令。

我用湿橡胶手套
抽他的嘴并挂了电话。

窗外的蟋蟀发疯地
叫：福煦，福煦，福煦，福煦！
它们唧唧叫。

我端出我的冲锋枪干掉
这群魔鬼
可它们如此众多
我只好放弃。

我扯掉湿橡胶手套。
我投降，我说，真是太多了——
我无力改变这世界。

房间里所有所谓的淑女
欢呼雀跃。

他站起来假模假式地鞠躬
屋外蟋蟀唧唧鸣叫。

我戴上帽子
阔步而出。我坚持认为
法国佬都是软蛋
毫无
疑问。

40 支香烟

今天我抽了两包烟
感觉舌头就像一只
毛毛虫正努力从雨水中
爬出
一个画展上，有人
正在画画
而细小的汗珠
正沿着它们的道路淌过我
的肥肉
今天病得太重了，电话里
我告诉那个男的
是胃疼。
屁股也疼？
灵魂也疼？
地鼠在地下
望着土墙上的画
机枪架在
窗口。
40支香烟。
什么东西在走来走去
嚼着草
四条腿，没有
手？
不是

政府机构
可能是一头
驴。要是你在
驴脑袋里待上一阵儿
会怎样？你的身体在驴
的身体里？你只能坚持
十分钟
它们就会让你
滚出去
你会很
害怕
可是此刻谁能
使你摆脱
自己是谁这个凄凉发紫的
念头？我正是那个害怕的
人。

杀手 准备就绪

他是个好人
大概十八九岁
一名海军士兵
每当
一个女人经过车厢过道
他好像都要站起来
因此我无法看到
她
也看不到她在冲他笑

但我不会冲他
笑

他一直看着火车车窗里的
自己
起立,脱掉
大衣,然后再起立
再把它重新
穿上

他兴致勃勃地
擦着他的皮带扣

他的脖子是红的

脸是红的，眼睛是一种
漂亮的蓝色

但我不喜欢
他

每次我去洗手间
他要么在其中的一间
要么站在一面镜前
梳头发，或者
刮脸

他总是在过道上
走来走去
或者喝水
我看见他的喉结在咕咚咕咚
吞水

他总是在我的
视野里

但我们从不交谈
我记得所有其他的火车
所有其他的公共汽车
所有其他的战争

他在帕萨迪纳下车

比任何一个女人还要自负
他在帕萨迪纳下车
骄傲而又
死板

剩下的旅途——
8 或 10 英里——
完美。

我爱你

我打开简陋小屋的门,她躺在
那里,她躺着
我的爱人
从背后抱着一个穿脏背心的男人。
我是粗暴又强硬、不计较钱的查理(那就是我)
我像上帝一样
叫醒他俩
她醒了
开始尖叫:"汉克!汉克!"(那是我的别名)
"让这个狗娘养的赶紧滚!
我恨他我爱你!"

当然,我足够聪明,不会相信这
一套,我坐下说:
"我需要喝一杯,我头疼,需要喝
一杯。"

你瞧,爱就这么起了作用,于是我们都坐在那里
喝威士忌,我
非常满足
接下来他把手伸过来,递给我5美元:
"她拿来的钱就剩这些了,她从你那儿
拿的钱就剩这些了。"

我不是冲破盒盖的金翅
天使
我拿走了5美元,把他们留在那儿
然后沿着小巷
走到埃尔瓦拉多街
左拐进了
第一家
酒吧。

一颗 小 原子弹

哦,给我一颗小原子弹吧
用不着太多
一小颗
就足以杀死街上的马
可街上没有马

是的,足以击落花盆里的花
可不见
花盆里
有花

然后足以
吓住我的爱人
可我没有
爱人

是的
给我一颗原子弹
在浴缸里擦洗它
像擦洗一个可爱的小脏孩

(我有一个浴缸)

就这么一颗小原子弹,普通的,

长着扁鼻子
粉耳朵
散发着七月内衣的
气味

你认为我疯了？
我认为你也
疯了
你有这种想法也是疯了：
在别人之前先送我
一颗原子弹。

鸡蛋

他十七岁。
妈妈,他说,怎么打
鸡蛋?

好吧,她对我说,你不必
坐在那儿看着。

哦,妈妈,他说,你把蛋黄弄散了。
我不吃散掉的蛋黄。

是的,她对我说,你真厉害,
你在屠宰场、工厂、监狱
混过,你真是个该死的硬汉,
但不是所有人都像你那样
这也绝不意味着人人都错了而你
是对的。

妈妈,他说,下班回家时
能不能给我带点可乐?

听着,罗利,她说,你就不能骑车
去买些可乐回来?下班后我已经
很累了

可是,妈妈,那儿有个山坡。

什么山坡,罗利?

那儿有个山坡,
就在那儿,我还得蹬
过去

好吧,她对我说,你觉得自己是个
该死的硬汉,你在铁路道班
干活,每次你喝醉时我总听到你在喊:
"我在铁路道班混过饭。"

是的,我说,我喊了。

我的意思是,这又有什么区别呢?
每个人都不得不在某个地方工作。

妈妈,这小子说,你能不能给我带点儿
可乐?

我真的喜欢上这小子了,我觉得他非常
温顺,等他学会如何打一颗
鸡蛋,他也许就能干一些
不寻常的事情啦。与此同时

我正和他的妈妈睡觉
并尽量不介入这场
争论。

伤害者

你伤害了我,他说,你让平克·伊格
不要发表我的东西。
哦!该死,曼尼,我说,忘了这事儿吧。

这些诗人都很敏感
他们的敏感多于才华
我真不知道该拿他们怎么办。

就在今晚电话响了
是巴格泰利。巴格泰利说
克拉斯坦打来电话,克拉斯坦火了
因为我们没给他寄这本
选集,克拉斯坦责怪我
没给他寄这本选集
然后克拉斯坦
声称我骗了
他,他很
生气。巴格泰利
这样说。

你知道,我真的开始感觉到
自己像个文学权威
我只是靠在椅背上卷烟
盯着墙

诗歌大业的生死都交到了
我的手上。
至少它死掉的部分交到了
我的手上。

实际上如果没有我的帮助这些小子都要
完蛋。太阳隐入云端。
我对这些工作无能为力
我抽阿尔伯特亲王烟,喝喜立滋啤酒
一有机会就性交。相信我是
无辜的,我就相信
你们也是。

夏 天 的 女 人

夏天的女人将如玫瑰和谎言般
死去

夏天的女人将会去爱
只要不必付出
永恒的代价

夏天的女人
可以爱任何人；
她们甚至可以爱你
只要夏天仍在
持续

但冬天终究会降临到她们
头上

白雪
寒冷
如此丑陋的脸
死亡
也将转过身去——
退缩——
在带走她们
之前。

坠入情网

她还年轻,她说。
但是看我,
我有漂亮的脚踝
看看我的手腕,我有漂亮的
手腕
哦!我的天哪,
我以为一切都正常了
但她又来了,
她每次打电话来都要把你逼疯
你告诉我一切都结束了
你告诉我一切都已过去了
听着,我活了足够久才成为一个
好女人
你为什么需要一个坏女人
你需要受虐,对吗?
如果恰巧某人糟糕地对待了你,你就认为
生活就是糟糕的,
对吗?
告诉我,是这样的吗?你想被人当作一坨
屎?
还有我儿子,我儿子要去见你。
我告诉我儿子
我甩了所有的情人
站在一家酒吧尖叫

我恋爱了,
而现在你把我当成了傻瓜……

对不起,我说,真对不起。

抱着我,她说,请你抱着我好吗?

以前我从未卷入过这种事,我说,
这种三角恋……

她起身点了支烟,浑身
颤抖,来回踱步,狂野发疯。她
身材娇小,手臂纤细,非常纤细,当
她尖叫着开始捶打我,我抓住了她的
手腕,接着透过她的双目我看到了:仇恨,由来已久的
深仇大恨。我错了,我无耻而
病态,我学到的所有东西都作废了。
没有任何生物像我一样肮脏下流
而我所有的诗都是
虚伪的。

苹果

这不仅仅是一个苹果
这是一种体验
红绿黄
里面是白色的果核
冰凉而湿答答的
我咬进去
天,一个白色的入口……

再咬一口
咀嚼着
同时想起一个老女巫
被苹果皮噎死——
一个童年故事。

我深咬一口
狼吞虎咽

有一种瀑布般的感觉
无穷无尽

混合着
热情与希望。

可现在

苹果吃到一半
一些压抑的感觉降临了

快到最后了
我向果心进攻
害怕咬到果核与果梗

在威尼斯有一支送葬的队伍开始行进,
一个老黑人结束了他痛苦的一生

我没吃完就扔掉了苹果
这时一个白裙少女正从我的窗口经过
一个只有她一半高的男孩紧随其后
穿着蓝裤子和条纹
衬衫

我打了一个小嗝儿
盯着一只脏
烟灰缸。

小 提琴手

他在赛道终点处的
看台顶层
骑手们从那里转过弯道
开始冲刺。

他是一个矮小的男人
脸色发红，秃顶，肥胖
正值花甲之年。

他正在拉小提琴
用他的小提琴
演奏古典乐
骑手们根本不看他。

"银行代理人"赢得了第一轮比赛
他在拉他的小提琴。

"会飞"赢得了第三轮
他继续拉他的小提琴。

我去要了杯咖啡，回来时
他还在拉，他还在拉
之后"飞镖"赢得第四轮。

没有人阻止他
没有人问他在干什么
没有人鼓掌。

"爪牙"赢得第五轮之后
他继续拉
音乐洒在看台边缘
与微风和落日
融为一体。

"星条旗"赢得了第六轮
他还在拉
"坚守希望"内道加速拿下
第七轮
小提琴手继续工作
"幸运麦克"四五点赢得第八轮比赛时
他仍在演奏音乐。

"邓普蒂女神"拿下最后一轮
他们迈着迟缓的步伐走向他们的汽车
精疲力竭一败涂地
小提琴手继续演奏
用音乐送走他们
我坐在那里听着
我们都孑然一身
他拉完时我鼓掌。
小提琴手站起来

朝我鞠躬。
然后他把小提琴放进琴盒
站起来走下楼梯。

他走后几分钟
我站起来
拖着慢悠悠的步子走向我的车
天色已晚。

五块钱

我将死于悲伤和酒精
他边喝酒边对我说
在一个平静的星期四下午
在火车站旁一家老旅馆里。

我已经,他继续说,用信仰背叛了
自己,用爱情欺骗了自己
用性玩弄了自己。

酒瓶太他妈忠诚了,他说,
酒瓶不会说谎。

切肉如同切玫瑰
人死就像狗死
爱死亦如狗死,
他说。

听着,罗尼,我说,
借我五块钱。

爱需要众人拾柴,他说。
恨只管自力更生。

就五块钱,罗尼。

恨包含真相。美是一个假象。

我一周之内还你。

握紧荆棘
抓住酒瓶
务必听从旅馆里的老人言。

几天了，罗尼，我还没吃过一顿
像样的饭。

抱紧死神的笑和恐怖。
坚持减肥。
苗条有致，做好准备。

如果我胃里有点东西的话，罗尼，我就能
面对它。

孤独死去，波澜不惊，做好准备，
这是一个错觉。

罗尼，听着——

你听见那雄伟的广厦在哭泣
并不庇护天下的
寒士。

我想也不,罗尼。

世纪的谎言,爱情的谎言,
苏格拉底、布莱克和基督的谎言
在无尽的死亡中
将成为你的床伴与墓碑。

罗尼,我的诗被《纽约季刊》
退回来了。

那便是为什么他们在茫然无知中
哭泣。

就是这堆噪声,我说,
我的天哪。

默契

她本意是好的。
一边弹钢琴
一边说
不写作对你
没好处。

她要去岛上
散步
或是乘船出游。
我相信她带着一部现代小说
和她读书时戴的眼镜。

我坐在窗前
用着她的电子打字机
欣赏那些长在少女身上的
少女
屁股。

最后的堕落。

我有 20 本已出版的书
和 6 罐啤酒。

游客们在水中上下潜浮

游客们走啊说啊
拍照啊
喝着饮料。

不写作
对我没好处。
现在她正坐船
观光出游
她在思考，望着
海浪——
"现在是下午 2:30
他一定在写作
不写作对他没好处
今晚还有别的事要做。
我希望他不要喝
太多啤酒。他是一个比罗伯特
更棒的情人
大海真美。"

今夜 我将死去

今夜我将死去
躺在床上冷汗直冒
我能听到蟋蟀在叫
有猫在外面打架
我感觉我的灵魂正穿过床垫
往下掉
就在它落地之前我跳了起来
我虚弱得无力行走
但还是走了一圈打开所有的灯
然后又回到床上
我的灵魂再一次穿过床垫往下掉
我又跳起来
就在它落地之前
我又转了一圈打开所有的灯
然后我又回到床上
但它又往下掉
我起来
把所有的灯都打开

我有一个 7 岁的女儿
我确信她不想我死
否则这一切
都无关紧要

但整个夜晚
没人打来电话
没人带啤酒来
我女朋友也没来电话
我只能听到蟋蟀在叫，天气
太热
我一直这么折腾
起来又躺下
直到第一缕阳光穿过矮树丛
破窗而入
然后我上床
终于灵魂没有出窍
我安然入睡。
现在人们经过
拍打着门窗
电话响了
电话响了又响
我收到很多邮件
恨的信和爱的信
一切又重归往常。

杜安街 2347 号

有一个蓝色婴儿,在
长出绿藤的顶棚下
吮吸一只蓝色乳房,
再往右一点
在深褐色背景下
有一个淡褐色皮肤的少女
斜倚在椅子上,貌似在
沉思,我猜。
我的烟刚刚灭了
四周没有火柴
我起身走进厨房
在用了 30 年的炉子上点燃它。
我安然无恙地返回。
此刻在我身后的一张粉椅子上
有一把巨大的旧式剪刀。
现在 0 点 15 分
挂钩挂在门上
床边的绞花落地灯上
有顶被当作灯罩的松软的红帽子
一只小狗冲着屋外冰冷的高空狂吠。
地板上有两张床垫
我在其中一个上面
睡了很多晚

他们说要推平这个地方
它属于一个名叫富士的日本摔跤手。
我不明白还有什么更好的能替代它。

她今晚把浴缸龙头和水槽龙头
修好了。她不会卷烟,但她减少了
修水管的开支。
我们吃了一些哥伦比亚檀香鸡,配凉拌卷心菜和马
铃薯泥,
肉汁和饼干。
现在 0 点 23 分
他们要用推土机把这地方夷为平地
我不是说明天,我是说很快
小狗再一次冲着天空狂吠
我的烟又灭了;
门边床垫上的爱情,
性,争论,做梦和
交谈,
那辆推土机正在靠近
即使它推倒了树和厕所
在泥泞的车道中挖洞
也不会得到这个地方的全部,
当我 6 个月后开车经过,看见这栋高楼
住满 50 个有稳定收入的人的时候,
我仍会记得那个吸吮蓝色乳房的蓝色婴儿,
爬过屋顶的绿藤,褐色少女,

漏水的龙头，蜘蛛和白蚁，
灰色和黄色油漆，窗前的
桌布，以及门边的那张床垫。

勇敢的收音机

在科伦那多街的二楼上,
我经常喝得大醉
将正响着的收音机
扔出窗外
收音机打破窗上的玻璃
落在屋顶上时
依然响着
我会告诉我的女人
"啊,多么了不起的收音机!"

第二天早晨我会取下铰链
卸下窗子
把它拿到楼下的街上去
交给卖玻璃制品的男人
他会给我装上另一块玻璃。

我总是把收音机扔到窗外
每当我喝醉时
它就待在屋顶上
一直响着——
一个最有魔力的收音机
一个勇敢的收音机
每个早晨我都会卸下窗子
走到卖玻璃的男人那里

我记不清这一切是怎样结束的
但我确实记得
我们最终搬走了。
楼下有一个穿着泳衣
在花园里干活的女人
她的丈夫抱怨因为我而晚上
无法入睡
我们只好搬走了
到了下一个地方
我要么忘了将收音机扔出窗外
要么就是我不再喜欢
那样。

我只记得我开始想念那个
穿着泳衣在花园中干活的女人
她用泥铲挖土
她把后臀高高地撅向天空
我常常坐在窗边
看太阳当空普照万物

与此同时音乐响起。

固态的马 蒂

他将近 80 岁了,他们
前几天去拜访了
他。他坐在一把椅子上
一块粗麻布毯子盖着他的
膝盖
他们进来之后
他说的第一句话竟是
"别碰我下面!"

他在冰箱的水壶里
放了一加仑的
馨芳[1] 葡萄酒,他刚刚
戒了
五天
龙舌兰酒。

一架 600 美元的新钢琴放在
房间的中央,
他给他儿子
买的。

---

1 馨芳(Zinfandel),一种酿酒葡萄,也称为仙粉黛(Primitivo)。

他总是打电话叫我过去
可等我去了
他又非常无趣。他赞同
我说的每件事
然后就
睡着了。

固态的马蒂。
当我不在的时候
他什么都干：
放火烧沙发
尿在自己肚子上
唱国歌
他打电话叫来应召女郎
用苏打水
喷她们，他还
把电话线从墙上
扯下

但在他这样干之前
他打电话给
巴黎
马德里
东京

他打狗
打猫

打人
用他的
银拐杖

他讲述
他怎样成为一个
斗牛士
一个拳击手
一个皮条客
欧内斯特的朋友
毕加索的朋友

可每当我来的时候
他都直躺在椅子里
昏昏睡去
灰头发轰隆隆地垂到
那张沉默
寡言的鹰脸上

他儿子开始讲话
我就该
走
了。

采访

办地下报纸
和小发行量杂志的
年轻人
越来越频繁地
跑来采访我——
他们长发披肩
身材单薄
带着录音机
也带来很多
啤酒。
他们
大部分人
都要待上几个小时
一醉方休。

如果我的一个女友在旁边
我就让她
接受采访。
去吧,我说,告诉他们
真实的我。

然后他们谈起他们认为的
事实。

他们把我描述得
像个白痴
事实的确如此。

接着我被提问：

为什么你长达十年
没有写作？

我不知道。

你为什么不参
军呢？

那是疯了。

你会说德语吗？

不会。

你最喜欢的现代作家
是谁？

我不知道。

我几乎不看
这种采访。不过有一次

一个年轻人写信说
我的女友
吻了他
当我在浴室的时候。

算你命大，我回信说
顺便说一句
忘记我跟你们说的那些屁话，关于
道斯·帕索司[1]，或是
梅勒[2]？今晚很热
一半邻居
醉了。另一半
死了。
关于写诗
如果我有什么建议，就是
不要写。我要点一份
外卖炸鸡。

  布考

---

1 道斯·帕索司（John Dos Passos，1896—1970），美国小说家、艺术家，主要作品有《三个士兵》和《美国》三部曲。
2 诺曼·金斯莱·梅勒（Norman Kingsley Mailer，1923—2007），美国著名作家、小说家，在美国文坛活跃了足足60年。主要作品有《裸者与死者》《硬汉不跳舞》等。

街边 广告牌上 一位 政党候选人的嘴脸

他就在那儿：
没怎么宿醉过
不常和女人斗嘴
偶尔无精打采
从未想过自杀

牙痛不超过三次
从未错过一顿饭
从未身陷囹圄
从未坠入情网

七双鞋子

有个儿子在上大学

一辆刚满周岁的车子

保险单

绿草坪

盖得严严实实的垃圾桶

他准当选。

扬基歌

我年轻
没有肚腩
胳膊像电线
但很有力量

每天早晨
我醉醺醺地来到工厂
毫不费力
就比他们所有人都干得快

这个老头
他的名字叫萨利
爱尔兰老好人萨利
他笨拙地拧着螺丝钉

整天吹口哨吹着同样的
歌:

扬基傻帽进城去
骑着一匹小马驹
翎毛插在帽子上
花花公子在这里……

他们说他已经吹这首歌

很多年了

我开始和他一起
吹

我们一起吹好几个小时
他数着螺丝钉
我把8英尺长的灯具装进
棺材盒子里

时间一天天过去
他开始变得虚弱、经常发抖
时不时吹漏音

我继续吹

他开始缺勤几天

然后缺勤一个星期

接下来我得知
消息传开了
萨利在医院做
手术

两周后他拄着拐杖来了
还有他妻子

他和每个人都一一握手

一个 40 岁的男人

我因为一场可怕的
宿醉
错过了
为他举行的离职派对

在他奇怪地消失
以后
我一直在找他，
我意识到他
从不恨我，只是我
恨过
他
我开始越喝越多
缺勤天数越来越多。

然后他们让我也
滚蛋了

我从不介意被
炒鱿鱼，但那是我唯一一次
感受到了什么。

没有什么　像　失败一样叫人 铭心刻骨

你总要随身带着一个笔记本
无论你去哪儿，他说
不要喝得太多，喝酒使人
反应迟钝，
多参加朗读会，注意呼吸节奏
你朗读时
要轻描
淡写，观众比你认为的
更聪明
当你写了某个东西
不要急着发表
在抽屉里放上两星期，
然后再拿出来看看
就这样，修改，修改
一遍又一遍地修改
压缩诗句像用螺栓锁紧一座
长达5英里的桥，
把笔记本放在床边
你会在夜里得到灵感
这些灵感很快会消失而被浪费
除非你记下它们
不要喝酒，任何白痴都会
喝酒，我们是
写作者。

一个什么也不写的家伙
大概就像其他这样的人
一样：煞有介事地
谈论
它。

成功

这是我干过最难的活儿
今天我在 100 华氏度的高温里
发动用了 14 年的老车
我不得不取出汽化器
跑来跑去
调整固定螺钉,
四个里有两个卡住油门踏板
让它动弹不了。

我搞定了它——在 45 分钟之后——
我送了 4 封信
买了冷饮
回来
进入我的地盘
听艾甫斯[1]
做着帝国的美梦
我的大白肚皮冲着
风扇。

---

1 查尔斯·爱德华·艾甫斯(Charles Edward Ives, 1874—1954),美国作曲家、企业家。首批在管弦乐中加入赞美诗、民歌、爱国歌曲、进行曲的作曲家之一。艾大斯的作品还经常采用不协和音、多旋律音等现代音乐元素。

非洲，巴黎，希腊

有这样两个女人
我知道她们
十分相似

年龄
相仿
博览群书
热爱文学

我曾和她们俩
都睡过
但是都
结束了

我们是朋友

她们曾经到过非洲
巴黎
希腊

这里和那里

睡过一些著名的男人

一个在跟
距这里
几英里远的百万富翁
同居
和他共进早餐和
晚餐
给他喂鱼喂猫
喂狗
她喝醉时就打电话
给我

另一个正生活
艰难
孤独地住在威尼斯（加州）
一栋小公寓里
听着手鼓的
鼓声

有名的男人似乎都想要
年轻女人

年轻女人也很容易
甩掉：
她们有更多
的地方
可去

曾经美丽过
的女人是很难
变老的

她们会变得更加
理智（如果她们想要
控制她们的男人），并在
床上
床下做
更多的事

我认识的这两个女人
她们床上
床下
都很棒

而且她们理智
理智得足以明白
她们来看我时
停留的时间
不能超过
一两个小时
她们十分
相似

我知道
如果她们读了本诗

她们会读懂
它
就像她们
懂得
兰波或里尔克

或济慈

与此同时我又遇上了一个
来自费尔法克斯区的
金发少女

当她欣赏我墙上的
画时
我摩挲着
她的足底。

醉鬼 拘留所的法官

醉鬼拘留所的法官
和其他法官一样
迟到了,他
年轻
养尊处优
受过教育
娇生惯养
家庭出身
良好。

我们这帮酒鬼熄灭香烟等候他的
仁慈。

那些不得保释的人
先被处理。"有罪。"他们说,他们全都说
"有罪。"
"7天。""14天。""14天,然后你将被
送到教化农场。""4天。""7天。"
"14天。"

"法官,这伙人在那边
暴打了一个人。"

"下一个。"

"法官，他们真的暴打了我一顿。"

"下一个案子。"

"7天。""14天，然后你将被送到
教化农场。"

醉鬼拘留所的法官
年轻
胃口好。他
一顿饭吃得太多，
脑满肠肥。

被保释的酒鬼
排在后面。他们让我们排成一队然后
很快处理了
我们。"两天或者40美元。""两天或者40
美元。""两天或者40美元。""两天或者40
40美元。"

我们有35或
40人
法院在圣·佛尔那多路的
废品站之间。

当我们去见执行官的时候，他

告诉我们：
"你们可以申请保释。"

"什么？"

"你们可以申请保释。"

"保释金是 50 美元。法院保留
10 美元。"

我们走到外面坐进我们的
旧车。
我们大多数的车看上去比
那些
废品站里的车更破。另一些人
根本没有
车。我们大部分是
墨西哥人和贫穷的白人
火车站
在街道对面。太阳照常
升起。

法官有着非常
光滑
细腻
的皮肤。法官有个
肥肥的

下巴。

我们步行或者开车离开法院。

公平合理。

天堂的魔爪

呆头呆脑的蝴蝶
小苏打在微笑
锯末飞扬——
我爱我的肚子
酒吧的男人
打电话给我,
"斯科利兹先生。"
当我把奖券兑现时。
赛马场的收银员
尖叫着说,
"诗人是懂行的!"
床上和床下的
女人
说她们爱我
当我用湿漉漉的白脚
走过。

醉眼蒙眬的信天翁
大力水手肮脏的短裤
巴黎的臭虫,
我已经清除了路障
已经征服了
汽车
宿醉

眼泪
但我知道
最后的厄运
就像男学生看到的
那只被往来车辆
碾烂的猫。

我的头盖骨上
有1英寸半的
缝隙。
我的大部分牙齿
长在前面。我在超市时
会眩晕发作
喝威士忌时
会吐血
想到所有那些
我认识的已经
远去的
消失的
好女人时
我会变得悲伤
乃至
伤心欲绝
分手总是因为琐事：
在帕萨迪纳的旅行
孩子们的野餐
掉进下水道的

牙膏盖。

无事可做
除了喝酒
赌马
孤注一掷地写诗

当女孩
变成女人
机枪
架在
比眼皮还薄的
墙后
指着我。

无力反抗
只剩一堆已经犯下的
错误。

与此同时
我淋浴
接电话
煮鸡蛋
学习行动与荒废
在阳光下散步时
感觉跟身边的人
一样好。

孤独者

16 英寸半的
脖子
68 岁的年纪
举重
身体就像一个小
伙子（差不多）

坚持
理发
用半加仑水壶
喝波特葡萄酒

坚持
用链条锁门
用木板固定窗户

你得
使劲敲门
才能进去

他有黄铜指节套环
刀子
棍棒
枪

他有摔跤手
一般的胸膛
从来不会弄丢他的
眼镜

绝不发誓
绝不自寻
烦恼

绝不再婚
在他唯一的
老婆死后
仇恨
猫
蟑螂
老鼠
人类

玩填字游戏
拼图
紧跟
时事新闻

16英寸半的
脖子

对于一个 68 岁的人
他算个人物

横在窗户上的
那些木板

他自己洗内衣裤
和短袜

一个晚上
我的朋友瑞德带我去
看他

我们在一起
聊了一阵儿

然后离开

瑞德问,"你感觉
他怎么样?"

我回答,"比我们
更怕死。"

打那以后
我再也没见过他们。

三明治

我上街去买一块
潜水艇三明治
这家伙从性教育研究所
的车道上冲出来
他的自行车差点轧到了
我的脚趾;
他留着一撮又黑又脏的胡子
眼睛像俄国钢琴家
身上还有东堪萨斯城妓女的气息;
我差点被这个身穿亮片夹克的傻瓜
害死了;
我朝楼上看去,少女们坐在门外
的椅子上
做着葛丽泰·嘉宝[1]老电影的美梦;
我将半美元放进报纸架
买了最近的黄色报刊;
然后我走进三明治店
要了潜水艇
和一大杯咖啡。

---

1 葛丽泰·嘉宝(Greta Garbo,1905—1990),瑞典国宝级电影女演员,奥斯卡终身成就奖得主,好莱坞星光大道入选者。1999年,美国电影学会评其为百年来最伟大的女演员第5名。

她们都坐在那儿谈论
如何减肥。
我又要了一份炸
薯条。
黄色报刊广告里的少女
看起来就像黄色报刊广告里的少女。
她们告诉我不要感到孤独
她们可以把我安排得妥妥的：
我可以用链子和鞭子打她们
或者她们打我
用链子和鞭子，不论我想要
哪种方式。
吃喝完毕，我付钱，留下小费，
将黄色报刊留在座位上。
然后我腆着皮带上
到处乱窜的肚子
走回西部大道。

劳累的快乐 生活

与一条鱼的歌声
完全合拍
我站在厨房里
快要发疯
梦想着海明威的
西班牙。
天气闷热,如他们所说,
我无法呼吸,
拉完屎,
看了体育专栏,
打开冰箱
看着一片发紫的
肉,
把它扔了
回去。

站在边缘才能
找到中心
那空中的砰砰声
只是一根水管
在振动。

可怕的东西在墙里
缓慢移动;癌症之花生长

在门廊之上；我的白猫有
一只眼被挖
掉，夏天的赛马季
还剩下 7 天
时间。

诺曼底俱乐部的
舞蹈演员根本没来
吉米没能带来
女人，
但有一张来自阿肯色州
的明信片
有一张来自《美食大王》的广告传单：
10 次免费的夏威夷之旅
我只需
填表。
但我并不想去
夏威夷。

我想要长着鹈鹕眼睛
黄铜肚脐
和
象牙心的女人。

我拿出这片紫
肉
丢进

锅里。

然后电话响了。

我单膝跪地接着滚到
桌下。我待在那里
直到它
停下。

然后我站起来
打开
收音机。
难怪海明威是个
酒鬼,该死的西班牙,
我也无法接受
它。

天气真是
闷热。

这骄傲的
消瘦的
垂死的

在超市我看见领取退休金的
老人们，他们消瘦，他们
骄傲，他们垂死
他们站着挨饿，却毫无
怨言。很久以前，在另一些谎言之间，
他们被教导沉默就是
勇敢。现如今，工作了一辈子，
却掉进通货膨胀的陷阱，他们四下张望
偷吃
一颗葡萄。最终他们会买上
一点点，作为一天的回报。
他们被教导的另一则谎言是
不许偷盗
他们宁愿饿死也不愿去偷
（一颗葡萄救不了他们）
在狭小的房间里
读着商品广告
他们将饿死
他们将无声无息地死去
再被搬离寄宿公寓
被一头金色长发的小子
悄悄放在路边

然后再被拖走,这些
小子
英俊的眼睛
让人想到维加斯和猫以及
胜利。
这是事物的规律:每个人
都先尝到蜂蜜的味道
然后挨刀。

在下面

我无法从地板上拾
起任何东西——
旧袜子
男短裤
衬衣
报纸
信
汤匙 瓶子 啤酒瓶盖

无法整理床铺
无法卷好卫生纸
无法刷牙
无法梳头
无法穿衣服

我待在床上
赤身裸体
在弄脏的
一半拖到
地板的床单上
床垫的钮扣
硌到我的
背

电话响起时
有人敲门时
我都很生气

我像一只躲在岩石下面的臭虫
恐惧至极

我待在床上
看着梳妆台上的镜子

挠伤自己
是种胜利。

酷夏

把三个女人带进
七月,或许更多
她们想要吸干我的
血

我可有足够的
干净毛巾?

我告诉她们我感觉
很糟
(我不期待这些
当妈的
挺着她们鼓胀的奶头
前来)

你瞧
我擅长
带着醉意写信
醉语连篇地打电话
在很可能得不到时
尖叫着
求爱

我将出门去买更多的

毛巾
床单
咖啡和矿泉水
浴巾
拖把
棍棒
剑
刀
炸弹
充满渴望的凡士林花
萨德侯爵的
著作。

也许明天

长得像
　　　　鲍嘉[1]
双颊凹陷

大烟鬼

在窗外撒尿
无视女人

对着房东吼叫

乘坐箱式卡车穿过荒原

从不肯放过每个动粗的机会

一肚子旅馆和肮脏老街的故事

肋骨突出

1　汉弗莱·德福雷斯特·鲍嘉（Humphrey DeForest Bogart, 1899—1957），出生于美国纽约，美国电影男演员，曾出演电影《卡萨布兰卡》《非洲女王号》。

小腹平坦

穿着后跟带钉的鞋子走路

朝窗外望去

雪茄叼在口中
啤酒湿了嘴唇

    鲍嘉
现在留了胡子

他老了很多

但是不要相信流言：
    鲍嘉还没
死。

瘾

与三个女瘾君子同坐在一间黑暗的
卧室。
到处都是装满垃圾的
牛皮纸袋。
现在是午后一点半
她们谈论疯人院，
医院。
她们都等着来一针。
也都没有工作。
毒品是救济、食物券
也是加州医保。

为了来上一针
男人是可以利用的对象。

现在是午后一点半
外面矮小的植物正在生长
她们的孩子还在学校里。
女人抽着烟
倦怠地喝着啤酒和
龙舌兰
我买的。

我和她们坐在一起。
我也等着来上一针：
我是个写诗成瘾的人。

他们拖着被关在木笼子里的
埃兹拉走过街道。
布莱克信上帝。
维庸是抢劫犯。
洛尔迦[1]是同性恋。
T.S. 艾略特在出纳员的牢笼中工作。

大多数诗人是天鹅，
白鹭，
我却和三个瘾君子坐在一起
在午后一点半。

烟雾袅袅向上飘散。

1　费德里戈·加西亚·洛尔迦（Federico García Lorca，1898—1936），西班牙诗人、剧作家。现被誉为西班牙最杰出的作家之一。1936年，西班牙内战爆发初期，他支持第二共和国的民主政府，反对法西斯主义叛军，后在西班牙格拉纳达省遭弗朗西斯科·佛郎哥的军队残忍杀害，尸体被抛入一个废弃的墓穴。

我等待。

死亡是一头虚无的怪兽。

其中一个女人说她喜欢
我的黄衬衫。

我相信简单粗暴。

就是
这样。

八个房间

我的牙医是个酒鬼
我正在洗牙时
他冲进房间:
"嗨,你这个老家伙!你还
在写黄色小说吗?"
"是的。"
他看向护士:
"我和这个老家伙,过去都在
终点站附近的邮局
工作!"
护士不应声。
"看看我们!我们从那里逃
出来,我们逃出了那个鬼地方,
不是吗?"
"是的,是的……"
他跑进另一个房间。
他雇用漂亮的年轻姑娘,
到处都有这样的姑娘。
她们一周工作4天,他开着一辆
黄色的凯迪拉克。
除了候诊室他还有
八个房间,设备齐全。
护士用她的身体压在
我身上,难以置信

她的胸部，她的大腿，她的身体
压着我，她检查我的牙齿
盯住我的眼睛：
"我弄疼你了吗？"
"不不，继续吧！"

不到15分钟牙医回来了：
"嗨，不要太久了！
怎么回事儿？"
"大夫，这人有五年
没洗牙了，太脏了！"
"好的，今天就弄到这儿！给他
约下一次！"
他跑了出去。
"你愿意再约一次吗？"
她盯着我的眼睛
"是的。"我告诉她
她俯身压住我
最后摩擦了几下
整个过程只花费了我四十美元
包括X光片。

但是她从未告诉我她的
芳名。

我 喜欢他

我喜欢 D. H. 劳伦斯
他竟然能那么愤怒
他猛抓猛咬,他撕扯
以他令人称奇活力四射的句子
他可以写出
欢乐与痛苦
他散发出血腥、谋杀
和牺牲的恶臭
只有当他安睡在他的大块头德国老婆身边
他才允许自己流露出
温柔。
我喜欢 D. H. 劳伦斯——
他可以像谈论邻居那样
谈论基督
他还能把澳洲出租车司机描写得
生动到让你憎恨
我喜欢 D. H. 劳伦斯
但是我很高兴我从来没有
在小酒馆里遇到过他
举起他的小杯
热茶
看着我
用他蛀虫洞般的眼睛。

杀手在微笑

前女友们仍在给我打电话
一些从去年开始打
一些从前年开始打
一些从更早就开始打。
这让她们在不工作的时候
有事可干了,这挺好
不恨
甚至忘却了
交往失败的人
也挺好。

而且我喜欢她们告诉我
她们和某个男的在一起交上了好运
她们的生命好运连连。

逃离我的魔掌之后
她们得到了许多应得的快乐
我使她们此后的人生
显得更加美好。

现在我算是让她们
有了对比
新的视野
新的男人

更多平静
一个美好的
没有我的未来。

我总是先挂电话,
合情合理。

马和拳头

拳击比赛和赛马场
是需要孤注一掷
背水一战的
臭气熏天的
地方。

这里没有和平
不管对于鲜花还是老虎。
这很明显。

不明显的是规则。
这里没有规则。

一些人试图在别人的教导中
发现规则
适应别人的
眼光。

对我来说
顺从他人是自我
堕落。

因为虽然每个存在都相似

但每个存在都不同

将我们的不同限定在
一种规则之下
是对每个个体的
侮辱。

拳击比赛和赛马场就是
修行的寺庙

正如同样的马和同样的人
不会出于同样的原因
总赢或总输
因此修行
有时
停滞不前
暂停或者
倒退。

只有很少很少
几条
参考意见。

没有规则
只是个提示：

注意右前方
和赌金计算器的最后
一闪。

另一种 亲密接触

我们去不去看电影?
她问他。

好吧,他说,我们走。

我不穿内裤
这样你就可以在黑暗中
对我动手动脚了,她说。

我们要买黄油爆米花吗?
他问。

可以啊,她说。

穿上你的内裤,
他说。

什么意思?她问。

我只想看电影,
他回答。

嘿,她说,我只要走到
街上,就有一百个男人

想要
我。

好吧,他说,那你自己去吧。
我待在家里读《国民
问询报》。

你个浑蛋,她说,我
本想建立一种有意义的
关系。

你不能靠一把榔头建立它,
他说。

我们到底去不去看电影?
她问他。

好吧,他说,我们
走……

在西部大道与富兰克林路的
拐角他打开信号灯
左转
一个男人在迎面而来的车道上
加速
似乎要截住他。

刹车失灵。没
撞上但只差一点儿。

他咒骂另一辆车上的
男人。那男人回骂他。那
男人的车中还有人和他
在一起。那是他的妻子。

他们也是去看
电影的。

美人鱼

为了拿个东西我不得不来到浴室
我敲门
而你正在浴缸里
已经洗了脸和头发
我看见你的上半身
除了乳房
你看起来就像一个五岁或八岁的小丫头
水中的你温柔怡然
琳达·李。
你不只是那一刻的
芬芳
一直到那时
你都是我每时每刻的芬芳
你在象牙的光辉里愉快地沐浴
可我什么也没有
对你说出

我在浴室中拿走了我想要的
东西
然后离去。

拥抱黑暗

焦灼是上帝
疯狂是上帝

永生的和平是
永生的死亡。

痛苦可以杀人
或者
维持生命
但和平总是令人恐慌
和平是最糟糕的事
散步
说话
微笑,
不过尔尔。

不要忘记人行道
女人,
背叛,
苹果里的虫子,
酒吧、监狱,
恋人的自杀。

在这里在美国

我们已经暗杀了一位总统和他的弟弟，
另一位总统已经辞职。

相信政治的人
就像信仰上帝的人：
他们通过弯曲的吸管
喝西北风。

这里没有上帝
这里没有政治
这里没有和平
这里没有爱意
这里没有控制
这里没有计划

远离上帝
保持躁动

顺其自然。

一磅 59 美分

我喜欢在平常的地方转悠
隔着一段距离——
欣赏人。
我不想靠他们太近
因为那是摩擦的
开始。
但是在超市
洗衣店
咖啡馆
街角
公交站
餐馆
药店
我可以看见他们的身体
他们的脸
和他们的打扮——
观察他们走路或站立
的样子
或是他们正在做什么。
我像一台 X 光机
我就喜欢他们这样：
出现在我视野里。
我想象他们身上
最好的东西。

我想象他们勇敢而又疯狂
我想象他们的美丽。

我喜欢在平常的地方转悠。
我为我们所有人感到难过又感到
高兴
我们都被尴尬地
活捉。

没有什么比
我们的玩笑
严肃
和迟钝更有意思的了
我们买长筒袜、胡萝卜、口香糖
和杂志
买避孕药
糖果
发胶
和厕纸。

我们应该点燃一大堆篝火
我们应该赞美
自己的耐力

我们排着长队
我们到处溜达
我们等候。

我喜欢在平常的地方转悠
人们向我表达他们自己
我也向他们表达我。

一个女人在下午3点35分
正在称紫葡萄
十分认真地看着
称台
她穿着一条朴素的绿裙子
点缀着白花
她把葡萄
小心翼翼地放入一个
白纸袋

真是够快的

将军和医生可能杀死我们
但我们已经
赢了。

散步

每个晚上
是的,几乎每个晚上
在傍晚时分
我都看见这个老头
和他黑白相间的小狗。
街道暗下来
无论他见到我多少次
总是一副
受惊吓的样子
但还是很勇敢——
因为那只瘦小的狗
跟着他。
他穿件旧衣服
一顶皱巴巴的帽子
棉手套
大方头鞋子。
我们从不交谈。
他和我年龄相仿但是我觉得我更年轻
我既不喜欢也不讨厌他和他的
狗。
我从未看到过他们俩中的任何一个
排便但我知道他们
必须排便。
他和他的狗给我一种融洽的

感觉。
他们就像
路标
草地
黄色窗户
人行道
汽笛和电话
电线
车道
停泊的汽车
有月亮时的
月亮。

变态

一个女友来了
给我做了张床
将厨房地板擦洗干净并打上蜡
用真空吸尘器
打扫墙壁
清洁洗手间
浴缸
擦干净浴室地板
并为我修剪脚指甲和
头发。

然后
全在同一天
管道工来了,修理厨房的水龙头
还有洗手间的
煤气工接通了暖气
电话工接通了电话
现在我坐在这里,一切完美无缺
那么安宁。
我已经断绝了和三个女友的关系。

当一切乱糟糟的时候我的感觉
更好。
花了好几个月才重返

正常：
我甚至无法找到一只能够与之亲密交谈的蟑螂。

我已经丢失了我的节奏。
我睡不着觉。
我吃不下饭。

我被我的污秽
洗劫一空。

我们要吃了 它们

那些龙虾
那两只龙虾……
是的,那些家伙
我们要吃了它们……

粉粉的红红的。

他们说如果你把它们
先放在温水里
它们会睡着
当你煮它们的时候
它们毫无感觉。

我们怎么可能知道?

不管坦克在斯大林格勒城外
怎样燃烧
不管希特勒是不是一个
素食主义者
不管我出生的房子
如今是不是一座安德纳赫的
妓院
我的叔叔海瑞斯
92岁了始终住在同一个镇上

不管他是不是讨厌我写的长篇和短篇小说。

我们要把那两只家伙
吃掉

大海的精华。

道琼斯 指数下跌

当你
最初遇见她们时,她们的眼神
都很善解
人意;笑声满天飞
仿佛沙地跳蚤。接下来,耶
稣啊,时钟嘀嗒,
事情败露。她们
开始提要求。
她们要求的
一切与现在的你
或者将来的你,完全相反。
奇怪的是
她们从来不
读你写的任何东
西,根本没有真的
读过。或者更糟,如果她们读了,
她们就会跑来拯救
你。那就几乎意味着
让你跟每个人
一样。与此同时他们会吸
你的血,用一百万张网
紧紧地缠住你,
作为一个
有感情的人

你做不了别的
只能记住那些
美好的部分或者看上去
美好的部分。

你在卧室中
重新找回孤独的
自己,
揪心地说,哦,妈的
不,再也不要这样了。

我们早该明白。
也许我们想要棉花糖般的
运气。也许我们
相信了。多么垃圾。
我们相信了,像狗一样
相信了。

哭泣

在厨房里焦躁
想把一个人打出去
56岁了
恐惧包围了我的手臂
脚指甲太长
长到了腿侧。

与在工厂里不同的是
那是我们一起感觉到
痛苦

前几天晚上我去看那个
伟大的女高音
她依旧美丽
依旧性感
依旧沉浸在个人的悲伤中
但喝醉后她唱错了一个又一个
音符
她谋杀了艺术

在厨房里焦躁
我不想谋杀艺术

我应该去看医生并把那些东西

从我的腿上割掉
但我是个胆小鬼
我可能会尖叫会吓坏
候诊室里的一个孩子

我想操那个伟大的女高音
我想在她头发里哭泣

洛尔迦在楼下的路上
在尘土中吃了西班牙人的子弹

伟大的女高音从来不读我的诗
但我们俩都知道怎样谋杀艺术
用喝酒和悲伤

在厨房里焦躁
准则消失了
有人写信告诉我
我所知道的最好的诗人死了

我告诉他们我想睡
那个伟大的女高音
但是他们回信谈了别的
事
没用的事
无趣的事
愚蠢的事

我看见一只苍蝇落在我的收音机上

他知道天机
但无法泄露

那个女高音死了。

美人　立于法兰西 原野

手无吉他
在令人沉醉的空弹中
我多嗨都行

长颈鹿恨也似的
奔逃之处
我多孤独都行

在赛璐珞调酒师
提供有毒微笑的酒吧
我已经醉到极点

自杀者在山谷里
跳入激流
我微笑得比蒙娜丽莎更美好

嗨而孤独的悲伤的醉笑
我爱你。

艺术

神衰兮而形现。

图书在版编目（CIP）数据

醉弹钢琴如敲打击乐器直到手指开始有点流血 / （美）查尔斯·布考斯基(Charles Bukowski) 著；伊沙，老G译. -- 南京：江苏凤凰文艺出版社, 2024.3
书名原文: Play the Piano Drunk Like a Percussion Instrument until the Fingers Begin to Bleed a Bit
ISBN 978-7-5594-7938-9

Ⅰ.①醉… Ⅱ.①查… ②伊… ③老… Ⅲ.①诗集–美国–现代 Ⅳ.① I712.25

中国国家版本馆CIP数据核字(2023) 第168400号

版权局著作权登记号：图字 10-2023-248

PLAY THE PIANO DRUNK LIKE A PERCUSSION INSTRUMENT UNTIL THE FINGERS BEGIN TO BLEED A BIT, Copyright © 1970, 1973, 1975, 1976, 1977, 1978, 1979 by Charles Bukowski
Published by arrangement with HarperCollins Publishers.
Simplified Chinese translation copyright © 2024 by Beijing Xiron Culture Group Co., Ltd.
All RIGHTS RESERVED

醉弹钢琴如敲打击乐器直到手指开始有点流血

【美】查尔斯·布考斯基(Charles Bukowski) 著　　伊沙 老G 译

责任编辑	周颖若
特约监制	里　所
特约编辑	里　所　方妙红　后　乞
装帧设计	卢　涛
出版发行	江苏凤凰文艺出版社
	南京市中央路165号，邮编：210009
网　　址	http://www.jswenyi.com
印　　刷	河北鹏润印刷有限公司
开　　本	880毫米×1230毫米　1/32
印　　张	5.25
字　　数	92千字
版　　次	2024年3月第1版
印　　次	2024年3月第1次印刷
书　　号	ISBN 978-7-5594-7938-9
定　　价	52.00元

江苏凤凰文艺版图书凡印刷、装订错误可随时向承印厂调换

磨铁诗歌译丛 | 布考斯基系列

《这才是布考斯基》
Essential Bukowski
伊沙、老 G 译

《关于写作》
On Writing
里所 译

《关于猫》
On Cats
张健 译

《边喝边写》
On Drinking
张健 译

《醉弹钢琴如敲打击乐器直到手指开始有点流血》
Play the Piano Drunk Like a Percussion Instrument Until the Fingers Begin to Bleed a Bit
伊沙、老 G 译

《本该孤独》(待出版)
You Get So Alone at Times That It Just Makes Sense
伊沙、老 G 译

《生死风暴》(待出版)
Storm for the Living and the Dead
伊沙、老 G 译

……

磨 铁 读 诗 会